Combattre pour être soi

Les conseils d'une championne

Cet ouvrage a été imprimé sur un papier
issu de forêts gérées durablement,
de sources contrôlées.

Couverture et illustrations : Oriol Vidal
Mise en page : Graphicat

ISBN : 978-2-7002-7686-2

Loi n° 49-956 du 16-07-1949 sur les publications
destinées à la jeunesse.

CLARISSE AGBÉGNÉNOU

Combattre pour être soi

Les conseils d'une championne

Avec la collaboration de Sophie Nanteuil

RAGEOT

Bonjour,
Moi, c'est Clarisse Agbégnénou.
Je suis championne de judo.
Dans ce livre, je vais te raconter
mon histoire. Peut-être que ça t'inspirera!

CHAPITRE 1

Une arrivée fracassante dans le monde

25 octobre 1992

Maternité de Rennes, Bretagne

Une mère vient d'accoucher de deux bébés prématurés. Cela veut dire qu'ils sont nés trop tôt. Le petit garçon, Aurélien, va bien. Mais sa sœur ne pleure pas, elle ne respire pas. Heureusement, les médecins étaient préparés. Cette grossesse était très surveillée et un problème avait été détecté. Ils prennent la fillette en charge très rapidement et ils la sauvent.

Seulement, un de ses reins ne fonctionne pas comme il faut, il est bouché.

Les deux bébés sont placés dans des couveuses différentes, séparés de leur mère, dans un service spécialisé.

La fille est surveillée nuit et jour. Elle est nourrie par un tuyau.

Une opération chirurgicale urgente est programmée. Ses reins sont réparés mais les médecins placent la petite fille dans le coma pour qu'elle ne souffre pas.

Sa mère, Pauline, sortie de l'hôpital avec Aurélien, est là tous les jours. Elle encourage sa fille. Son père, Victor, est présent lui aussi. Les données et bips des machines, il connaît, il se rend compte de l'état préoccupant de sa fille mais ne veut pas le montrer.

Tous les deux attendent, attendent, attendent…

Plusieurs fois, les médecins convoquent les parents dans un petit bureau.

– Vous savez, disent-ils, votre fille ne montre aucun signe de réveil. Il faudrait peut-être vous préparer au pire.

– Jamais, répond Pauline. Elle va se réveiller. Elle prend son temps, mais elle va sortir du coma.

Chaque soir, Victor rentre chez le frère de Pauline, où il loge. Pauline, elle, dort à l'hôpital dans une chambre, avec son fils.

Un matin, le bébé ouvre les yeux. Elle se réveille, dans une grande inspiration. Les personnes présentes dans sa chambre, sa mère, les infirmières, le médecin, toutes applaudissent.

Le chirurgien, après ce grand moment d'émotion, se tourne alors vers Pauline et déclare :

– Votre fille est une battante.

Ce bébé guerrier, c'est moi, Clarisse. Clarisse Agbégnénou.

Le 25 décembre suivant, bonne nouvelle : je peux enfin sortir de l'hôpital.

Je suis le cadeau de Noël de ma famille cette année-là.

Bien sûr, je ne me souviens pas de ces premiers mois de ma vie. J'ai vu des photos et c'est vrai que je suis toujours impressionnée par ma toute petite taille. J'étais vraiment minuscule !

J'ai appris depuis qu'en France, un bébé naît prématurément toutes les huit minutes ! Vous imaginez : on forme une sacrée bande !

On n'imagine pas la force qu'ont ces minuscules créatures qui se battent pour respirer, pour se développer, pour vivre. Certains de ces enfants ont des séquelles et doivent être soignés pendant des mois ou des années après. Et d'autres vont très bien. Certains prématurés sont très célèbres : le scientifique Albert Einstein, Napoléon, le peintre Pablo Picasso ou bien encore la grande danseuse russe Anna Pavlova. Celle-ci avait une santé très fragile, un corps tout mince. Elle a assisté, enfant, à un ballet et a décidé de devenir ballerine. Et elle a réussi !

Quand je suis sur le tatami – le tapis sur lequel on pratique le judo – je ne me prends pas pour une danseuse ou un grand scientifique, évidemment, mais je crois que j'ai en commun avec toutes ces personnes et tous ces bébés une chose incroyable : une envie de me battre, une soif de vaincre.

Je vous raconte mes combats ?

Ne reste pas bloqué(e) sur un mauvais départ !

Dans la vie, quel que soit le domaine : l'école, le sport, les arts, parfois, l'histoire peut mal commencer. Ce n'était pas gagné pour moi. Mais cela ne sert à rien de rester paralysé(e) par ce mauvais départ, recommence, repars tranquillement. Le tout est de trouver son rythme.

CHAPITRE 2

Danseuse ? Sprinteuse ? Footballeuse ? Sportive !

– 2, 3, 4 ! Restez en place, toutes ensemble. Gauche, droite, gauche, gauche, bras en l'air ! Clarisse, tu ne suis pas !

Tous les mercredis, je me retrouve au cours de danse classique de Madame Antonelli. Depuis que j'ai découvert cette discipline dans une émission de télévision, je ne rêve que de ballet ! Dès qu'une musique retentit, je ne peux pas m'empêcher de danser. Je suis tout le temps en train de remuer ! Mais là, voir les tutus, les pointes, les attitudes, c'est la révélation.

Malheureusement, autant l'avouer très vite : je ne suis pas souple du tout. Chaque étirement, chaque jambe levée et maintenue en l'air, sont une souffrance pour moi. Au bout de quelques séances, il faut nous rendre à l'évidence avec mes parents : je ne serai jamais un petit rat de l'opéra. Danser oui, mais m'amuser d'abord !

Quelques mois plus tard, je participe aux cours de Modern Jazz. J'aime y retrouver mes copines de l'école mais je préfère faire la pitre au fond de la salle pour faire rire tout le monde. Évidemment, Magali, la prof, s'en rend compte…

– Clarisse, soupire-t-elle. Un peu de sérieux quand même.

Très vite, je m'ennuie.

Alors, au bout de quelques cours, je discute avec ma mère :

– Dis, tu sais que j'adore danser…

– Moui, répond ma mère qui me voit venir.

– Eh bien, je préférerais faire du hip hop avec mon amie Anissa. On fait des battles et des impros. Pas besoin de passer des heures à étudier des pas !

– Tu sais que la danse, ça s'apprend quand même, non, Clarisse ?

– Oui, oui.

Je me vois déjà dans le cercle à faire des figures…

La réalité est tout autre. L'improvisation, bizarrement, ça se travaille. Là encore, au bout d'un moment, je m'ennuie.

Mes parents insistent pour qu'on fasse du sport. L'éducation passe selon eux également par une activité physique pour rester en forme et de préférence en groupe, pour se faire des amis.

Un soir à table, Aurélien lance :

– À l'école, ils nous proposent de faire des activités multisports. Ça change toutes les semaines !

– C'est super, ça, approuve papa. Qu'en dis-tu, Clarisse ?

– Chaque semaine, on découvre un nouveau sport ? je m'étonne.

– Oui, c'est ce qu'ont dit les animateurs !

Un grand sourire se dessine sur mes lèvres :

– Je pourrai m'amuser autant que je veux alors !

– C'est le but du sport, non ? remarque ma mère. Se faire plaisir !

– Entendu, dit mon père.

– Je vous inscris tous les deux à partir de la semaine prochaine, dit notre mère.

– Demande à ce qu'on ne soit pas dans le même groupe, précise Aurélien, avec un air crispé. Pas envie d'avoir Clarisse tout le temps sur mon dos. Partager la même chambre, aller à la même école et jouer au foot dans la résidence, ça suffit déjà !

– Elle est trop rapide pour toi, au foot ? s'étonne notre grand frère, Selom, en souriant.

– Pffff, c'est moi le meilleur, là ! proteste Aurélien. Non, sérieux, ok si elle veut venir au multisports, mais demandez à ce qu'on ne soit pas dans le même groupe !

Je râle pour la forme mais finis par lui sauter dessus :

– Avoue que sans moi, tu t'ennuierais ! Je te manquerais trop !

On fait semblant de se donner des coups jusqu'à ce… qu'un verre trop près de mon coude vole à travers la table et finisse sa course au sol, en mille morceaux.

– Mademoiselle Clarisse Agbégnénou… gronde ma mère.

– Pardon, maman, je vais chercher le balai, dis-je, devant mes frères hilares.

Quelques jours plus tard, au gymnase de l'école, Aurélien et moi sommes chaleureusement accueillis par Mathias, un des animateurs que nous connaissons bien.

– Salut à tous les deux ! Alors cet après-midi, Aurélien, tu vas à l'atelier d'escalade et Clarisse, tu viens avec moi dehors, on va sur la piste d'athlétisme. C'est course en relais pour toi !

– Cool, s'écrie mon frère.

Je suis moins enthousiaste que lui lorsque je vois les nuages gris dehors… Mais bon, quand il faut y aller, faut y aller !

Je retrouve au stade des têtes connues.

– Alors, annonce Mathias, on va commencer par l'échauffement. Allez, deux tours de stade au petit trot pour tout le monde. C'est parti ! Et sans râler !

Je me mets à trottiner avec le groupe… Mais que c'est long ! Courir sans aucun but, je crois que ce n'est pas pour moi. Surtout qu'il commence à pleuvoir doucement.

Je m'amuse beaucoup plus lorsqu'on fait des courses par équipes. Même quand le témoin, le bâton qu'on doit se passer lors du relais, tombe plusieurs fois, qu'on glisse car la piste est mouillée, ou que mon équipe ne gagne pas, on passe un chouette moment. On s'invente même un nom d'équipe : les Fusées. L'après-midi file ainsi plus vite que nous.

Je rentre trempée chez moi, mais avec le sourire !

Hâte d'être à la semaine suivante pour retrouver les mêmes copains et découvrir un autre sport ensemble !

Amuse-toi !

Quelle que soit notre passion, l'important est de prendre plaisir à faire ce que l'on fait. Sport, art, loisir... Amuse-toi, passe un super moment avec tes ami(e)s ! Tous les sports que tu pratiqueras, les activités que tu feras, te serviront dans ta vie quotidienne, alors éclate-toi !

CHAPITRE 3

La convocation

Ce jour-là quand je rentre de l'école, je ne suis pas sereine.

Dans mon cahier rouge, le cahier de liaison entre l'école et la famille, il y a un nouveau mot pour mes parents.

Mais cette fois-ci, c'est la directrice qui l'a écrit…

Quand j'arrive chez moi, ma mère est déjà là. Je respire un grand coup et je décide de ne pas souffrir plus longtemps :

– Maman, il y a un mot dans le cahier…

– Ah bon ? s'étonne ma mère. Et qu'as-tu encore fait pour avoir ce mot, Clarisse ?

– Et bien… J'ai couru dans la cour alors que c'était le moment de se ranger…

– C'est tout ?

– J'ai été un peu dissipée à la cantine, j'ai parlé un peu fort…

– Et ?

– J'ai chahuté un peu dans les rangs. Je crois que c'est tout.

– C'est déjà pas mal, tu ne crois pas ?

– Si, maman, dis-je d'une petite voix.

– Mais tu es venue tout m'avouer. Je ne suis pas contente de ton comportement à l'école, mais je te remercie pour ton honnêteté.

– Maman, il y a autre chose…

– Oui ?

– La directrice veut vous voir.

– Aïe, ça se complique, soupire ma mère.

Le lendemain soir, à la sortie de l'école, mes parents sont là. Je les aperçois depuis la cour.

Mon père me fait signe de les rejoindre.

À son tour, la directrice survient :

– Bonjour monsieur et madame Agbégnénou. Vous me suivez tous les trois dans mon bureau ?

J'ai l'impression que tous les enfants et les adultes présents de chaque côté de la grille nous observent. Je ne fais pas la fière.

Nous pénétrons dans une partie de l'école peu fréquentée par les élèves. Nous traversons un grand couloir où je ne suis jamais allée.

Puis nous entrons dans une pièce que je ne connaissais pas : le fameux bureau de la directrice donc...

Je m'assois, sur une chaise placée entre celles de mes parents.

– Bon, commence la directrice, je ne vais pas y aller par quatre chemins. Clarisse est turbulente. Elle ne tient pas en place, elle bouge tout le temps, elle n'écoute pas.

– Elle est insolente ? demande ma mère.

– Non, grands dieux non.

– Elle n'est pas méchante ?

– Non… Je ne crois pas, elle est plutôt appréciée de tous. Elle a toujours le sourire aux lèvres. Or, le sourire n'est pas toujours utile…

– Elle manque de respect aux autres enfants ? interroge mon père.

– Non plus, soupire la directrice. Mais nous n'arrivons pas à la canaliser.

– Je comprends, dit mon père.

Il se tourne vers moi :

– Clarisse, pourquoi tu n'écoutes pas les adultes de l'école ?

Je hausse les épaules :

– Je ne sais pas. Quand je joue, je ne fais pas attention.

– Et elle se bat aussi, ajoute la directrice.

– Tu te bats ? s'impatiente ma mère.

– Oui, mais seulement avec Aurélien, comme à la maison. On ne se bat pas vraiment, on s'embête. Comme quand tu dis qu'on chahute et…

– Je suis très inquiète, me coupe la directrice. Les notes de votre fille sont moyennes alors que

celles de son frère sont exemplaires. Je ne sais pas ce qu'on va faire d'elle.

– Euh… fait mon père. Elle est en CE2, je pense qu'on peut s'inquiéter de manière raisonnable, vous ne croyez pas ?

La directrice lève les yeux au ciel :

– Ça commence comme ça en CE2 et comment ça finit, monsieur Agbégnénou ? Votre fille n'aura aucun avenir si elle ne rentre pas dans le rang.

Je baisse la tête, les larmes montent.

– Vous avez une solution ? demande ma mère.

– Un recadrage s'impose, annonce la directrice. Et puis, trouvez-lui une activité où elle pourra se défouler. Ses notes ne vont pas augmenter du jour au lendemain comme ça, mais au moins, son attitude pourrait s'améliorer. Puisqu'elle est un peu garçon manqué, faites-lui faire, je ne sais pas, moi, un sport de combat. Ça devrait en théorie la canaliser. Je dis bien « en théorie »...

Si mes yeux pouvaient lancer des éclairs à ce moment-là, je les jetterais sur la directrice.

Je regarde mes parents. Ils ont une mine sombre, le regard fermé.

Nous prenons congé.

Personne ne dit rien sur le chemin pour rentrer à la maison. Mais devant chez nous, ma mère s'arrête et se tourne vers moi :

– Clarisse, c'est la première et la dernière fois que nous sommes ainsi convoqués pour des problèmes de comportement. Tu as bien compris ?

– Oui, maman.

– Nous allons te trouver une activité sportive où tu pourras libérer cette énergie que tu as en toi. D'accord ?

– Oui, maman.

– Avant d'entrer, sache une chose importante : tu n'es pas un garçon manqué. Tu es une fille réussie. Et tu vas nous le prouver. Tu sais pourquoi ?

– Non, maman.

Je la regarde. Elle n'a plus l'air fâché. Elle me répond :

– Nous, nous croyons en toi. Et ça, c'est le plus important. Tu comprends ?

– Oui, maman.

– Et une dernière chose : continue de sourire, ne t'arrête pas.

– Oui, maman.

– Très bien. File dans ta chambre, tu es punie jusqu'au dîner. Nous avons à parler avec ton père.

Avant de passer le seuil de la porte, je sens une douce pression sur chaque épaule. Mes parents me montrent qu'ils sont là, avec moi.

Appuie-toi sur les bonnes personnes.

Parfois, tu peux perdre confiance en toi. Certaines paroles ou certains gestes peuvent te blesser. Tu te sens mal.
Mais regarde autour de toi, il y a sûrement une personne qui croit en toi, comme mes parents et ma famille ont toujours cru en mes capacités.
Et puis surtout, fille, garçon, tout cela n'a aucune importance. Une fille a le droit d'être forte, sportive. Un garçon, lui, a le droit d'être sensible, de préférer la danse par exemple. Nous sommes tous et toutes égaux. Ne l'oublie pas.

CHAPITRE 4

La découverte du judo

Quelques jours plus tard, un mercredi en fin d'après-midi, mon père vient nous chercher au gymnase, Aurélien et moi.

– Alors, les enfants, quel sport avez-vous fait aujourd'hui ?

– Moi, commence mon frère, c'était lancer de javelot. C'était marrant !

– Et toi, Clarisse ?

– Moi, j'ai fait du judo.

– Ah ? demande mon père. Et ça t'a plu ?

– J'ai adoré, j'ai fait des roulades, on a fait des combats. L'animateur a dit que je m'en étais bien sortie !

Mon père reste silencieux et sourit.

Ce soir-là, lors du dîner, Aurélien raconte ses exploits en athlétisme : c'est lui qui a lancé le plus loin le javelot. Il est fier de lui, et il y a de quoi !

Il mime ses gestes, en rajoute un peu. Nous rions de bon cœur.

Mon père s'adresse à ma mère :

– On a donc un futur lanceur et une judokate en herbe dans la famille, n'est-ce pas, Clarisse ?

– Judokate ? s'étonne ma mère. Tu as fait du judo ? Et tu as aimé ?

– Oui, c'était sympa…

– On pourrait peut-être t'inscrire dans un club, propose mon père.

Il se tourne vers ma mère, et avec un sourire malicieux, lui lance :

– On le tient, notre sport de combat.

Ma mère lève les yeux au ciel, soupire et sourit également :

– Eh bien, pourquoi pas ! Clarisse, tu es d'accord ?

– Oh oui alors ! m'écrié-je.

C'est ainsi que trois semaines après cette discussion, je me retrouve devant un gymnase, accompagnée de ma mère.

Un panneau accroché sur un mur indique : AMA – Arts Martiaux d'Asnières.

Devant la porte, on nous indique une salle au fond : le dojo. « Dojo »... Bizarre, ce mot. Ça me fait penser à un donjon.

Au bout d'un couloir, nous entrons dans une grande pièce avec plein d'enfants, habillés avec un kimono blanc. Ils sont sur des matelas fins et s'entraînent : ils trottinent, sautillent...

Une femme s'approche de nous :

– Bonjour, je suis Valérie. Je suis la femme de Fayçal, un des entraîneurs. J'accueille les nouveaux. Tu t'appelles comment ?

– Clarisse.

– Bonjour Clarisse ! Tu as déjà pratiqué ?

– Une fois, au multisports.

– Super ! Tu connais le judo, alors ?

– Ben… pas trop…

– OK, pas de souci ! Quel âge as-tu ?

– Neuf ans.

– Très bien. Je vais tout t'expliquer. Ici, nous sommes dans un dojo, c'est le lieu d'entraînement. Le tapis, c'est le tatami. Tu as apporté un judogi ?

– Un quoi ? interroge ma mère.

– Au judo, on appelle la tenue des judokas un judogi, la ceinture est une obi.

– Vous voulez dire « kimono » ?

– Oui ! Dans la langue du judo, on dit plutôt « judogi ». Tu en as un ?

– Euh, non.

– Ce n'est pas grave, nous allons t'en prêter un. Voyons, regarde-moi un peu… Je vais voir si j'ai ta taille dans les vestiaires. Vous me suivez ?

Nous pénétrons dans un vestiaire. Valérie se dirige vers une armoire, elle fouille un peu dedans et elle finit par me tendre une veste et une ceinture blanches.

– Je suis désolée, Clarisse, je ne trouve pas de pantalon. Tu vas rester en jogging.

Je la remercie, j'enfile la veste, seulement, les manches sont beaucoup trop longues. Valérie me regarde d'un air désolé et m'aide à les retrousser un peu. Avant de quitter la pièce, je m'aperçois dans le miroir : une veste qui bâille, une ceinture mal attachée, un bas de survêtement un peu usé, des nattes toutes décoiffées… C'est pas gagné tout ça. Mais bizarrement, ça ne me dérange pas plus que ça. Je sais qu'aujourd'hui, c'est dans ce dojo que je dois être. Alors, je respire un grand coup et je sors du vestiaire. Go !

QUELQUES MOTS DU JUDO

- **Dojo :** salle d'entraînement
- **Tatami :** tapis sur lequel on s'entraîne ou on combat
- **Judogi :** tenue du judoka
- **Obi :** ceinture
- **Rei :** salut
- **Sensei :** maître

Nous pénétrons de nouveau dans le dojo où tous les enfants sont en ligne au bord du tatami, à genoux. Valérie me propose :

– Clarisse, tu devrais aller t'asseoir avec eux.

Je rejoins tout le monde. Un homme en kimono, avec une ceinture noire, se tient debout devant nous.

– Bonjour à tous, dit-il. Je m'appelle Bernard. Bienvenue dans ce cours d'initiation au judo. Avec Fayçal, nous allons vous enseigner quelques gestes d'entraînement. Mais auparavant je vais vous apprendre les règles de base au judo. Première règle : on enlève les chaussures quand on monte sur le tatami.

À ces mots, je me débarrasse très vite de mes baskets.

– Deuxième règle : à chaque entraînement il faudra que vous apportiez une petite bouteille d'eau qui restera au bord du tatami. Troisième règle : quand on arrive sur le tatami, on dit bonjour. On fait le salut ainsi : on se place debout, les jambes serrées, les mains sur les cuisses et on s'incline devant l'entraîneur ou devant son adversaire. Le salut au judo se dit « rei ». Et ici je suis votre professeur, et dans le langage du judo, on est des sensei. Est-ce que c'est bien compris pour tout le monde ? Dernière règle, la plus importante : il est obligatoire de respecter le code moral du judo. Regardez l'affiche derrière vous.

Nous nous retournons. Au mur, est accroché un grand poster avec les phrases suivantes :

CODE MORAL DU JUDO*

- **L'amitié,** c'est le plus pur des sentiments humains.
- **La sincérité,** c'est parler sans mentir.
- **L'honneur,** c'est donner sa parole et l'honorer.
- **La modestie,** c'est parler de soi-même sans fierté.
- **Le respect,** c'est la confiance qu'on porte à l'autre.
- **La politesse,** c'est respecter les autres.
- **Le contrôle de soi,** c'est savoir faire taire sa colère.
- **Le courage,** c'est faire ce qui est juste.

*Selon la Fédération Internationale de Judo

– Ce sont les règles de conduite et l'état d'esprit à avoir au judo, continue Bernard. Nous ne sommes pas là pour nous taper dessus et encore moins pour faire mal à l'autre. Ceux et celles qui ne suivront pas ces règles ne pourront pas faire de judo.

Ma mère me regarde : tant de discipline, ça l'inquiète pour moi. Elle s'attend à ce que je râle ou que je souffle fort pour montrer mon mécontentement. Mais non. Je souris à pleines dents. Je le sais maintenant : je suis là exactement où je devrais être.

Trouve ta place !

On peut chercher longtemps une passion dans la vie. Ce n'est pas toujours simple de savoir ce que l'on veut faire ni de trouver sa place. Prends ton temps, essaie des choses, tu vas trouver ! Ce n'est pas forcément dans le domaine sportif, cela peut être artistiquement, ou avec les animaux, par exemple. Qu'est-ce qui t'intéresse ?

CHAPITRE 5

Premiers combats

– Tu vois, Aurélien, faire tomber quelqu'un, c'est facile mais au judo, tu ne dois pas faire tomber ton adversaire comme ça, d'un seul coup, non, tu dois l'accompagner dans la chute, pour ne pas qu'il se fasse mal, tu comprends ? Viens, je te montre encore une fois ! Je vais te faire un O Soto Gari ! Un croche-patte !

– Arrête, Clarisse, fait mon frère. J'en ai marre que tu t'entraînes sur moi à faire des prises de judo ! J'en ai marre de tomber, moi !

– Je te jure que je ne te ferai pas mal !

– Je sais bien. Mais moi, j'en ai assez de tomber ! J'ai plutôt envie de te faire tomber ! Explique-moi plutôt une prise où c'est toi qui te retrouves au sol…

– Non, non, non. C'est moi qui fais du judo, ce n'est pas toi !

Une voix se fait entendre d'en bas.

– Clarisse ! Aurélien ! À table !

Je rigole et lance à mon jumeau :

– Sauvé par le gong !

Depuis trois semaines que j'ai commencé ce sport, je ne parle que de judo, je ne vis que pour le judo. Je ne suis pas encore totalement assise que mon père est obligé de me couper la parole. J'étais en train de raconter à Aurélien que j'avais réussi un Kumi Kata du premier coup – c'est saisir son adversaire par la manche.

– Clarisse, me dit mon père en souriant. Je comprends que tu sois passionnée par le judo. Or, cela fait moins d'un mois que tu pratiques. Tu ne vas pas nous en parler toute ta vie quand même ?

– Et pourquoi pas ! je réponds.

Tout le monde éclate de rire !

Les semaines défilent à grande vitesse.

Aujourd'hui, c'est jour d'entraînement.

La Clarisse du premier jour, habillée n'importe comment, sans sa bouteille d'eau, pas coiffée, c'est terminé. J'ai un judogi flambant neuf. Quand j'arrive au dojo, je me change dans le vestiaire, je mets mes chaussons que je laisse au bord du tatami, et je me place en ligne à côté des autres. Nous saluons le maître.

Ensuite nous commençons l'échauffement : nous courons autour du tapis, nous faisons des pas chassés, des mouvements avec nos bras, puis nous passons aux rotations du buste. Nous nous baissons et nous relevons très vite, on réveille toutes les parties de notre corps, puis vient la séance d'Ukemi, ma préférée, où on s'entraîne à contrôler notre chute, pour ne pas se faire mal.

Après, Bernard nous place en binômes et nous nous entraînons à reproduire des prises qu'il nous enseigne. J'aime beaucoup mon entraîneur. Il est très patient et gentil avec tout le monde.

Plus les séances passent et plus je me rends compte que Bernard m'attribue des adversaires plus âgés.

Au bout de plusieurs mois, je me sens de plus en plus en confiance. Mes gestes sont plus sûrs. Je m'amuse toujours autant.

Un mercredi, je vois Bernard et Fayçal discuter longuement en me regardant.

À la fin de la séance, Bernard s'approche de moi :

– Ça te dirait, Clarisse, de passer quelques ceintures plus rapidement que prévu ? Avec Fayçal, nous aimerions que tu participes à des compétitions. Nous pensons que tu as les capacités pour. Ça t'intéresse ?

– Ce serait super !

– Passer les grades de ceintures ou les « dans », ce n'est pas une mince affaire. Si tu veux bien, je vais t'entraîner pour cela.

Je hoche la tête en signe d'approbation. Les choses sérieuses vont commencer !

L'ORDRE DES CEINTURES

COMMENT PASSER LES GRADES DES CEINTURES AU JUDO ?

L'obtention du grade supérieur a lieu au club devant les entraîneurs, qui jugent si les techniques sont maîtrisées.
À partir de la ceinture noire, les examens se font devant des officiels de la fédération, hors du club.

Après quelques entraînements, Fayçal et Bernard me demandent d'effectuer quelques prises.

J'en connais de plus en plus. J'ai révisé sur les fiches qu'ils m'ont données. Ma mère a même dit qu'elle était étonnée que je fasse des devoirs en plus de ceux de l'école !

Bref, cet après-midi-là, j'effectue sans problème ce qu'ils me demandent.

Ils sourient tous les deux. Fayçal sort de la pièce et revient quelques secondes plus tard, tenant quelque chose dans la main.

J'ai compris : je viens de passer la ceinture jaune.

Quelques semaines plus tard, j'obtiens de la même façon la couleur jaune-orange, c'est le grade au dessus du jaune et en dessous du orange. Puis la ceinture orange.

Bernard m'annonce alors que je suis prête à combattre en compétition officielle.

Prends du plaisir!

S'amuser et travailler, c'est possible. Si tu as une passion, que tu te donnes les moyens pour la vivre pleinement, alors tu vas prendre du plaisir. On peut s'amuser en travaillant et travailler en s'amusant, comme moi, au judo! Ce n'est pas facile tous les jours. Il faut s'accrocher. Mais c'est un tel bonheur!

CHAPITRE 6

Prise de conscience

Après un entraînement, Bernard profite de la présence de ma mère pour lui parler des compétitions.

Ma mère s'affole :

– Il va falloir qu'on s'organise. Depuis la naissance de Joris, le petit frère de Clarisse, il y a trois ans, je ne sais plus où donner de la tête. Et nous travaillons beaucoup avec mon mari.

– Pas de souci, fait Valérie qui s'approche de nous. D'autres parents et nous-mêmes accompagnons les enfants aux tournois. Et au début, nous n'allons pas très loin.

Ma mère est rassurée. Elle apprécie beaucoup Valérie. Elle a confiance en elle.

Bernard reprend :

– Si vous êtes d'accord, un samedi sur deux, Clarisse fera une compétition et l'autre samedi, Fayçal l'entraînera. Votre fille a un vrai potentiel, vous savez.

– Si vous le dites, répond ma mère. Ce que je vois surtout c'est qu'elle est très heureuse de venir ici. Alors pourquoi pas !

Je lui saute au cou, ce qui fait rire tout le monde.

Deux semaines plus tard, la première compétition a lieu au sein de notre club. D'autres enfants des villes voisines viennent se mesurer à nous.

Je passe dans les vestiaires où on me pèse. Sensation bizarre mais passage nécessaire : mon poids va déterminer la catégorie dans laquelle je vais combattre.

Lors du premier combat, je me retrouve face à Julie que je connais puisqu'elle fait partie de l'AMA. Le tirage au sort m'a donné une adversaire plus âgée que moi mais que j'ai déjà vue combattre. Une chance pour moi… Ou pas.

Julie est plus rapide : elle enchaîne prise sur prise et très vite, elle réalise un Ippon.

« Un combat, une défaite, bravo Clarisse. Ne lâche rien. Ne te décourage pas. »

Bernard me fait signe d'approcher.

– Clarisse, écoute. Pour le prochain combat, on va essayer quelque chose. Tu vas attaquer à gauche.

– Mais je suis droitière !

– Je sais, je sais, souffle mon entraîneur, mais on essaie. Fais-moi confiance, d'accord ?

– D'accord…

Dubitative, j'appréhende le deuxième combat. Je suis un peu inquiète : je ne suis pas gauchère, comment je vais pouvoir me débrouiller ?

Je me retrouve face à une fille que je ne connais pas cette fois.

Nous nous saluons puis le combat s'engage. Je m'avance vers elle et je l'attrape avec ma main gauche. L'effet est immédiat : je parviens à la faire tomber. Je la maintiens au sol. Ippon. Je remporte le combat en quelques secondes.

Je tourne la tête vers Bernard qui me fait un grand sourire, les pouces levés.

Ok, maintenant je serai gauchère en compétition !

Bilan de cette journée spéciale : j'ai remporté deux combats, en ai perdu un et j'ai une arme secrète, mon bras gauche !

COMMENT SE DÉROULE UN COMBAT DE JUDO ?

LE SALUT

- Les judokas saluent le tatami puis leur adversaire.
- Les plus jeunes tiennent déjà la garde (Kumi Kata) avant que l'arbitre annonce le début du combat : une main se saisit de la manche, l'autre, du revers de la veste.

- L'arbitre dit : « **Hadjime !** Commencez ! »
- À cette annonce, les judokas peuvent commencer ou reprendre le combat.
- L'arbitre prononce : « **Matte !** Arrêtez ! »
- Les judokas s'arrêtent et reprennent la position de début.

L'OBJECTIF est de faire tomber son adversaire au sol, avec vitesse ou de continuer le combat au sol et d'immobiliser l'adversaire sur les épaules.

LA FIN DU COMBAT

- L'arbitre annonce : « **Soremade !** C'est la fin du combat. »
- Les judokas se remettent en place, réajustent leur veste de kimono, leur ceinture.
- L'arbitre lève la main du côté du judoka vainqueur.
- Les judokas se saluent puis saluent le tatami en sortant, c'est le salut final.

Mes semaines s'organisent différemment, les mois suivants. Après quelques tournois et le passage de la ceinture verte, je passe à deux entraînements par semaine avec Bernard.

Et tous les samedis, c'est Fayçal qui prend en charge mon entraînement ou la gestion des compétitions.

Les samedis où je ne combats pas, j'arrive à 13h45, je me mets en tenue et à 14h je suis prête pour m'entraîner. Si je pars en compétition, j'arrive plus tôt, je monte dans le minibus avec Valérie, Fayçal et les autres jeunes, et nous partons pour les compétitions en région parisienne dans un premier temps.

Peu à peu, je gagne de plus en plus de combats. Et je prends de plus en plus de plaisir ! Fayçal et Valérie me motivent comme jamais. Toujours positifs, même quand je perds. Je me sens protégée avec cette garde rapprochée.

Lorsque je perds, je n'arrive pas à être déçue. J'essaie de comprendre et lors de la séance d'entraînement qui suit le tournoi, Fayçal trouve des solutions et m'aide à travailler mes faiblesses.

Je suis sur un nuage.

Un jour, alors que je viens de gagner un tournoi et que je suis sur le podium, on entend dans le gymnase qui nous accueille des drôles de bruits, des « ouh ouh ouh ». Des gens se mettent à rire, mais pas d'un rire bienveillant. Je vois Valérie et Fayçal dans les tribunes qui se raidissent. Valérie est très pâle. Je ne comprends pas ce qui se passe. Fayçal tourne la tête et cherche la provenance du bruit, en vain.

Nous quittons les lieux dans une atmosphère étrange. Quelques minutes plus tard, dans le minibus, tout s'éclaire : ce bruit était une imitation de cris de singe. Je me rappelle avoir regardé un match de football à la télé avec mon père et mes frères : des supporters imitaient des singes quand un joueur noir de l'équipe adverse touchait le ballon.

Ces cris aujourd'hui étaient pour moi. Je suis une fille noire. Je ne dis rien. J'encaisse. C'est la première fois que je réalise que la couleur de ma peau peut être un problème pour certains.

Quand nous arrivons à Asnières, mon père m'attend, appuyé sur sa voiture.

Fayçal prend quelques minutes pour discuter avec lui. Je dis au revoir à tout le monde et entre dans la voiture.

– Alors Clarisse, me demande mon père. Comment ça s'est passé ?

– J'ai gagné le tournoi, je réponds.

– Je suis content. Bravo ma fille… Il y a quelque chose dont tu voudrais me parler ?

– Oui, j'ai entendu des imitations des cris de singe. C'est à moi qu'il s'adressaient.

– Qu'est-ce que tu en penses ? Est-ce que ça t'a blessée ?

– Non, dis-je. Je venais de gagner. J'étais heureuse. Je ne voulais pas que quelqu'un me gâche mon bonheur.

– Tu as raison. Et tu fais bien d'en parler. Il faut dénoncer ces comportements.

– Fayçal a dit qu'il allait se plaindre au club qui nous a reçus.

– Tu sais, Clarisse, les cris de singe, les insultes racistes, tu en entendras d'autres dans ta vie. Mais si tu es au-dessus des gens, si tu es au-dessus de la bêtise, ces personnes mauvaises et ignorantes ne t'atteindront pas et arrêteront de t'agresser. Tu as compris ?

– Oui papa, je serai au-dessus. Et tu sais quoi, papa ? Ces cris, ces insultes, ces paroles, ça me donne encore plus envie de gagner et d'être la meilleure !

Sois au-dessus de la méchanceté.

Dans notre pays, et même partout dans le monde, il existe des personnes qui n'aiment pas les personnes qui ne leur ressemblent pas. Si tu es une personne différente, par ta couleur de peau, tes origines, ta religion, par exemple, il est possible que tu croises de tels individus. Tu peux te retrouver devant leurs paroles haineuses. Mais si tu montres que tout cela ne t'atteint pas, que le problème vient d'eux et non de toi, tu ne les laisseras pas gagner. Ne sois pas comme eux, sois au-dessus d'eux.

CHAPITRE 7

Le judo à l'école : mauvaise idée

Il faut reconnaître que faire du judo plusieurs fois par semaine m'a un peu transformée. La directrice de l'école n'a plus ou presque plus à se plaindre de moi.

La pratique de ce sport me fatigue et je suis plus calme. Pas toujours évident de faire ses devoirs après un week-end de compétition à l'autre bout de la région, mais ma mère m'aide et veille à ce que je continue à travailler correctement en classe.

Et surtout, les valeurs du judo deviennent peu à peu les miennes.

Le respect des autres, le contrôle de soi, l'importance de l'amitié. Plus je grandis, plus tout cela me parle. Et j'essaie de l'appliquer du mieux que je peux.

Je ne suis plus qualifiée de turbulente, même si le mot « agitée » retentit parfois.

Or, un jour…

Après la cantine, nous sortons dans la cour.

Depuis quelques jours, je sens bien que David, un garçon de ma classe, me provoque. Régulièrement quand je passe à côté de lui, il dit tout fort, comme si je n'étais pas là :

– Clarisse, on dirait vraiment un garçon… C'est pas une fille. Elle est toujours en jogging… C'est pas normal…

La plupart du temps, j'essaie de l'ignorer. D'être au-dessus.

Je crois qu'il est jaloux de moi. C'est un membre de l'équipe de foot de l'école mais en sport, je le bats toujours.

Ce jour-là, donc, à la sortie de la cantine, David m'attend avec ses copains :

– Alors Clarisse, t'es une fille ou t'es un garçon ?

– C'est quoi ton problème ? lui demandé-je.

– Mon problème, c'est que les filles ne font pas de sport de combat. Bah oui, ajoute-t-il en voyant ma mine choquée. Tu fais un sport de garçon, alors je me demande si t'es une vraie fille.

– Et depuis quand les filles ne peuvent pas faire du judo ? Et depuis quand les filles ne peuvent pas porter des joggings ?

– Je te l'ai dit : les sports de combat, c'est pas pour les filles. Et en plus, je suis sûr que quand tu es au judo, tu sais même pas te battre !

Je commence à voir rouge. Il se rapproche de moi, avec un air menaçant.

Mon frère jumeau s'interpose :

– David, laisse ma sœur tranquille !

– Toi, l'intello, on ne t'a pas sonné.

Et sur ces mots, il pousse Aurélien qui tombe au sol. Je trébuche et me retrouve par terre à côté de lui, sous les rires moqueurs des autres.

David se place au-dessus de moi et lance :

– Alors, Clarisse, on fait moins la maligne ?

Et là, mon sang ne fait qu'un tour. En me relevant, je le saisis par le bras, je le fais passer au-dessus de moi, il bascule et s'écroule à son tour derrière moi.

David se met à pleurer :

– Tu m'as fait mal…

– Qu'est-ce qui se passe ici ?

C'est la voix de Madame Carillo, la directrice adjointe. Elle analyse la situation. Elle aide David à se relever et constate qu'il n'est pas blessé. Elle se tourne vers moi et m'invite à la suivre.

Je pousse un double soupir de soulagement : je n'ai pas blessé David même s'il continue à chouiner devant tout le monde. Et surtout, la directrice est absente, avec un peu de chance, il n'y aura pas de convocation de mes parents dans son bureau…

Dans le couloir, Madame Carillo s'arrête et me dit :

– Bon, on va faire un marché toutes les deux, Clarisse. Tu t'engages à ne pas recommencer à faire usage de la force et je passe l'éponge pour cette fois. J'ai assisté de loin à la scène. La prochaine fois pour te défendre, ou pour défendre ton frère, tu m'appelles, d'accord ?

– Oui, madame.

– Retourne dans la cour. Et n'oublie pas : les combats, c'est sur un tatami.

Suivre les règles est important, mais se défendre aussi...

Je ne suis pas fière de cet épisode.
Le recours à la violence n'est pas la solution.
Mais il ne faut pas se laisser faire. Tu as le droit de te tromper, tu as le droit à l'erreur. Il est important que tu le reconnaisses. Mais si tu as un souci un jour, parles-en à un adulte de confiance.
C'est aussi une façon de te défendre.

CHAPITRE 8

Les copines

Ma mère n'avait pas le temps de m'amener au judo. Alors au début, j'allais aux entraînements en vélo ou en rollers avec mon grand frère – le trajet est relativement sécurisé. Mais très vite, Selom en a eu assez d'être mon accompagnateur. J'ai alors passé de looooongues semaines à négocier avec mes parents pour pouvoir aller au judo seule.

Puis un jour, j'ai trouvé l'argument imbattable : mes copines du club n'habitaient pas loin. Nous pouvions y aller toutes ensemble à pied !

Ces trajets sont devenus des grosses parties de rigolades mais aussi des moments de confidence.

Peu à peu, j'avance dans les ceintures, plus vite qu'elles. Cela n'a pas d'importance au sein de notre bande. Le plaisir de se voir l'emporte sur la compétition.

Deux fois par semaine, je retrouve donc cette petite bande. Laurène, Anissa, Edith et Laetitia : toutes très différentes, mais complémentaires. Comme les cinq doigts de la main, nous ne nous disputons jamais. Ou presque !

Nous nous faisons réviser nos fiches de judo, pour passer nos ceintures.

Nous parlons de nos rêves aussi. Edith est la plus forte d'entre nous. Elle est dans la catégorie de poids en dessous de la mienne. Sa famille assiste à toutes nos compétitions et avec la mienne, ce sont celles qui se font le plus entendre dans les tribunes de supporters.

Pourtant, Edith n'a pas envie de faire du judo toute sa vie. Elle ne sait pas ce qu'elle veut faire quand elle sera adulte. Anissa et Laurène ne savent pas non plus.

Un jour, quand elles me posent la question sur mon avenir à moi, sans réfléchir, je m'arrête et je réponds :

– Moi ? Je serai championne du monde de judo !

Un silence se fait puis mes amies éclatent de rire :

– T'es trop marrante, souffle Anissa.

– Oui ! renchérit Laetitia, tu n'as peur de rien, Clarisse.

– Allez, tais-toi et marche, on va être en retard, lance Laurène.

Je ris avec elles mais intérieurement, je suis un peu déçue. Et pourquoi je ne serais pas championne du monde, après tout ?

Le trajet continue dans la bonne humeur.

Mais avant de rentrer dans le dojo, Edith me retient :

– Clarisse, je voudrais te dire : si tu veux être championne du monde, je te soutiendrai toujours.

Laurène, Laetitia et Anissa reviennent sur leurs pas :

– Je suis d'accord, ajoute Anissa. Si c'est ce que tu veux vraiment, on sera toutes les quatre derrière toi.

– Oui, dit Laetitia, on n'aurait pas dû rire tout à l'heure.

– Excuse-nous, fait Laurène.

Je ne sais pas encore si je deviendrai championne, mais ce que je sais, c'est que j'ai les meilleures amies au monde.

Et au moins, grâce à elles, je n'aurai jamais la grosse tête, elles ne me laisseront pas faire !

Entoure-toi des bonnes personnes !

Avoir des personnes sur qui compter, des membres de sa famille, des amis est très important. Tu vas peut-être un jour rencontrer des personnes qui ne seront pas sincères avec toi. Ne gaspille pas ton énergie avec ces gens-là et essaie de te rapprocher des personnes gentilles. Si tu te sens seul(e), n'hésite pas à en parler autour de toi. Ne reste pas dans ton coin.

CHAPITRE 9

Premier stage

La troisième année de judo, un soir, le téléphone sonne à la maison.

Mon père répond et je l'entends longuement discuter.

Mais je ne fais pas attention, occupée à regarder ma série préférée. Un peu plus tard, ma mère nous appelle pour dîner. À table, mon père annonce :

– Clarisse, je viens d'avoir Bernard. Si tu le souhaites, aux prochaines vacances, tu pourras aller faire un stage de judo près de Limoges avec le club.

Je me mets à pousser des cris de joie. Je me lève de ma chaise et je danse autour de la table ! Je suis tellement contente de partir en stage avec mes copines du judo !

– Du calme, Clarisse, dit ma mère. Le stage dure dix jours et Bernard s'est engagé à ce que pendant le stage, vous fassiez tous vos devoirs.

– Les devoirs ? je râle. Mais ce sont les vacances…

– Tu n'as pas le choix. Si tu veux partir en stage, tu pars avec ton cartable, ce n'est pas négociable.

– Bon d'accord…

Les jours passent et l'excitation grandit. Mais aussi une petite angoisse : je serai loin de chez moi, de mes habitudes…

Le premier jour de vacances, nous sommes rassemblés devant un autocar, garé à côté du gymnase. Laurène, Anissa, Edith et Laetitia sont aussi excitées que moi.

– En route ! lance Valérie qui nous accompagne aussi.

On embrasse nos parents et on s'engouffre déjà dans le véhicule. On ne tient pas en place, ma mère nous regarde puis regarde Valérie, Fayçal, Bernard et dit, en riant :

– Bon courage ! Vous allez devoir dompter tous ces jeunes lionceaux !

Le car démarre et la bonne ambiance ne redescend pas pendant les quatre heures et demie de trajet.

Nous arrivons à la tombée de la nuit dans une petite ville. Au détour d'une route sinueuse, des grands chalets nous font face, et non loin de là, nous apercevons un gymnase.

Avec ma bande de copines, nous nous installons dans un dortoir. Après le dîner, nous pouvons appeler nos parents. Laetitia a une petite angoisse. C'est la première fois qu'elle dort autre part que chez elle, sans ses parents. Valérie et moi la rassurons. Elle n'est pas la seule.

Au moment du coucher, Laurène propose :

– Les filles, on fait un jeu ?

– Un jeu ? s'étonne Anissa. Tu crois qu'on a six ans ?

Laurène lui jette un oreiller sur la tête. Et c'est parti pour une bataille géante !

Pendant plusieurs minutes, notre grande chambre se transforme en champ de bataille jusqu'à ce que…

– C'est quoi ce bazar, les filles ? fait une grosse voix.

Bernard soupire :

– Le soir, on est calmes ! On a une journée chargée demain. Allez, au lit ! J'éteins la lumière.

Nous attendons quelques minutes qu'il s'éloigne et nous commençons à chuchoter dans l'obscurité.

Nous papotons une bonne partie de la nuit et nous nous endormons très tard.

Bien sûr, le lendemain, le lever est compliqué.

Le premier entraînement de judo pique. Et les devoirs, n'en parlons pas…

Le deuxième soir, nous dormons toutes à 20 h !

Les journées s'organisent de la même façon : judo, devoirs, visites diverses, judo, activités…

Je m'éclate !

À la fin du séjour, un mini-tournoi est organisé et Anissa le remporte.

Nous remontons dans le car et tout le monde très vite s'endort. Sauf moi. Casque emprunté à mon grand frère sur les oreilles, j'écoute de la musique et regarde le paysage défiler.

Je sens une présence à côté de moi. Valérie s'assoit à ma gauche. J'éteins mon lecteur.

– Ça va, ma belle ? demande-t-elle.

– Oh oui.

– Tu as aimé ce stage ?

– J'ai adoré. Et surtout…

– Surtout ?

Je marque un temps d'arrêt. Je la regarde et avec un grand sourire, je lui chuchote :

– Je crois que je veux faire ça toute ma vie !

N'aie pas peur de la nouveauté, du changement.

Parfois, un déménagement, un changement de classe, une nouvelle activité, ça peut inquiéter. On n'a plus les mêmes repères, on se sent fragile, en terre inconnue. Parles-en à tes parents, à tes ami(e)s ou à des personnes de confiance. Les liens forts qu'on crée peuvent résister au changement. Une nouvelle vie, cela permet aussi de découvrir des choses, d'aller plus loin. Apprivoise ta peur et fonce !

CHAPITRE 10

L'entrée dans la cour des grands

Un samedi, quand je termine mon entraînement, j'ai la surprise de voir mes parents assister à la fin de ma séance.

Je quitte le tatami et me dirige vers eux :

– Qu'est-ce que vous faites là ?

– Fayçal et Valérie nous ont demandé de passer les voir.

Intriguée, je ne vais pas tout de suite me rhabiller. Je patiente avec mon père et ma mère.

Valérie s'approche de nous :

– Clarisse, tu devrais aller te changer.

– Mais…

– Si, si. Tu sauras bien assez vite de quoi on va parler.

Je pénètre dans les vestiaires, mais laisse la porte ouverte. Le dojo est désormais vide et j'entends Fayçal prendre la parole :

– Comme vous le savez, Clarisse est inscrite ici depuis plusieurs années. Et je ne vais pas y aller par quatre chemins : elle est très douée. C'est même le meilleur élément du club. Si on vous a invités à venir aujourd'hui, c'est pour vous proposer d'encourager encore plus Clarisse dans son parcours de judokate. Nous voudrions la présenter aux championnats de France, puis d'Europe si elle est sélectionnée par la fédération.

– Championnats d'Europe ? s'étonne ma mère. Si haut ?

– Vous savez, Pauline, dit Valérie. Si Clarisse décide de pratiquer le judo à un haut niveau, elle pourra aller encore plus loin !

– Je le pense aussi, approuve Fayçal. Notre club sera bientôt trop petit pour Clarisse, il lui faudra un accompagnement plus ambitieux. Avez-vous pensé à un sport-études ?

– C'est vrai que Clarisse est passionnée par le judo, commence mon père. Mais de là à en faire carrière… Qu'attendez-vous de nous, au juste ?

– Que vous permettiez à Clarisse de vivre sa passion jusqu'au bout. Elle a du talent. Et que vous soyez présents pour les compétitions. Plus ça va aller, plus Clarisse va avoir besoin de se sentir soutenue.

– On va commencer par le championnat de France et on avancera pas à pas, annonce mon père. Ok pour vous ? Et ok pour toi, mademoiselle Clarisse, cachée derrière la porte ?

– Oui papa, je réponds d'une petite voix, à la fois honteuse de m'être fait surprendre, mais heureuse de savoir que je vais pratiquer le judo comme je le veux !

Quelques semaines plus tard, nous nous retrouvons à Tours.

Au moment de la pesée, je suis toujours mal à l'aise : je suis plus grande que les filles de mon âge et je pèse plus lourd. Il y a toujours un ou une juge pour lâcher une remarque comme « Mais tu as vu sa taille ? Elle prend des trucs pour se muscler ou quoi ? »

Si un jour, j'ai un enfant, je ne lui mettrai jamais la pression sur son poids. Heureusement que je suis bien entourée, mais j'ai vu des filles s'affamer pour être dans la catégorie inférieure… Les adultes ne se rendent pas compte du poids de leurs paroles…

Je secoue la tête pour chasser ces tristes pensées.

Je vais disputer mon premier championnat de France.

Pour la première fois depuis très longtemps, ma mère est dans les tribunes, et bien sûr… je perds au deuxième tour !

Ma mère me console un peu maladroitement :

– Tu aurais pu faire mieux, mais ce n'est pas grave.

– Non, ce n'est pas grave, je ferai mieux la prochaine fois.

– Bonne réponse, Clarisse ! approuve Fayçal. Et puis, il reste un autre tournoi national. Tout n'est pas perdu pour la sélection.

– Exactement, enchérit Valérie. Tu vas tous les surprendre, Clarisse !

Ma mère, qui râle encore un peu pour la forme, finit par se rallier à l'enthousiasme général. Pour une perdante, j'ai un super moral ! Je n'y peux rien, je ne peux pas m'empêcher de sourire tout le temps !

Le mois suivant, revoici notre fine équipe à Nancy pour le grand tournoi.

Combat après combat, je survole la compétition.

Dans la chambre d'appel, avant de combattre pour la dernière fois de la journée, casque sur les oreilles, je m'échauffe en dansant sous les regards interloqués de mes concurrentes. Je souris (encore !) en pensant à toutes mes profs de danse : si elles me voyaient, là, juste avant la finale du championnat, elles ne le croiraient pas. Et surtout, elles verraient que j'ai beaucoup gagné en souplesse grâce au judo !

On me fait signe. Je pose mon lecteur MP3, ma veste de jogging, je resserre mon élastique à cheveux.

La suite, je m'en souviens très peu, je suis sur un nuage : je salue mon adversaire, les arbitres, j'engage le combat, j'arrive très vite à mettre mon adversaire au sol. Je gagne. Je réalise où je suis quand je vois une personne debout dans les gradins : ma mère applaudit comme une folle et crie mon nom. On dirait que j'ai gagné les Jeux Olympiques® !

Je suis heureuse, forcément, mais surtout, je me dis : « Maintenant, le titre de championne d'Europe ! »

Clarisse la combattante est née.

Ne baisse pas les bras devant la première difficulté !

Les épreuves, les défaites, cela fait grandir. Si je n'avais pas perdu de combat, je n'aurais pas amélioré ma technique, je n'aurais pas autant travaillé. Alors utilise la difficulté et demande-toi comment la surmonter, comment améliorer ce qui ne va pas... Tu vas voir, tu vas y arriver !

CHAPITRE 11

Négociations difficiles

L'année suivante, je gagne beaucoup de tournois et le judo occupe de plus en plus de place dans ma vie.

Un soir, à table, j'annonce :

– Papa, maman. Est-ce que je peux vous parler après le dîner ?

Mes parents se regardent, surpris, puis mon père répond :

– Bien sûr, Clarisse. Les garçons, vous débarrasserez pendant ce temps.

Évidemment, mes frères protestent mais ils n'ont pas le choix. Aujourd'hui, je joue mon avenir.

Nous nous retrouvons quelques minutes plus tard tous les trois dans le salon.

– Alors voilà, commencé-je, j'ai beaucoup réfléchi. Je ne suis pas très bonne à l'école, mais je suis très bonne au judo. Alors, je voudrais devenir judokate professionnelle. Je me suis renseignée, il y a des endroits où je peux suivre les cours du lycée avec des horaires aménagés et faire du judo tous les soirs...

– Et, m'interrompt ma mère, elles sont situées où ces formations ?

– Une des meilleures est le Pôle France, situé à Orléans. C'est un sport-études très réputé.

– Non.

– Maman !

– Non. Tu n'as même pas 15 ans, tu es beaucoup trop jeune.

– Maman, m'écrié-je, c'est ma vie dont on parle ! Je ne suis pas trop jeune pour décider de mon futur.

– Écoute, Pauline, dit mon père en posant sa main sur le bras de ma mère pour l'empêcher de se fâcher encore plus que moi. Clarisse nous montre qu'elle est assez mature pour réfléchir à sa vie professionnelle et il faut lui reconnaître cette qualité. Mais, continue-t-il en se tournant vers moi, c'est vrai, ma fille, que tu es encore jeune et que le judo n'est pas une filière professionnelle qui offre de grandes garanties. Ce que je vous propose à toutes les deux, c'est que tout le monde y réfléchisse tranquillement. Je vais en discuter avec Fayçal pour avoir son avis et on en reparle dans les jours à venir, de manière plus apaisée. Ça vous va ?

– Mouais, répond-on en même temps, la mine fermée.

La semaine qui suit est la semaine la plus longue du monde…

Je croise ma mère, mais nous ne nous parlons pas. Je pénètre dans la cuisine un matin et la conversation entre mes parents cesse immédiatement. L'ambiance est lourde. Je sais que Valérie appelle ma mère un soir pour discuter avec elle mais je ne sais pas ce qu'elles se disent.

Le samedi, à la fin de mon entraînement où je peste contre tout, Fayçal me dit :

– Tu sais, Clarisse, j'imagine bien que ce n'est pas simple pour toi en ce moment. Mais ça ne l'est pour personne. C'est difficile pour des parents de voir partir leur enfant de la maison, à n'importe quel âge. Surtout que tu es la seule fille de la famille…

Je ne réponds rien. Je pars me changer.

Sur le chemin du retour, avec les filles, je reste silencieuse. Je réfléchis.

Quand j'arrive chez moi, ma mère est seule à la maison. Je suis tentée d'aller directement dans ma chambre, mais je marque un temps d'arrêt sur le seuil du salon.

– Maman…

– Mmh ? répond ma mère, sans lever la tête de son livre.

– Que je parte de la maison dans quelques mois ou plus tard, il y a quelque chose qui ne changera jamais. Je serai toujours ta fille. Mais je ne suis plus une enfant, ou presque plus. Tu m'as élevée pour que je sois une femme forte, confiante en elle-même, pour qui rien n'est impossible. Je me sens prête à affronter ce changement. Et c'est grâce à toi.

Les yeux de ma mère se remplissent de larmes et avant que les miens ne fassent pareil, je recule et file dans ma chambre.

À table, au dîner, l'ambiance est joyeuse : mon petit frère Joris fait le pitre.

Au moment du dessert, ma mère se lève et revient avec une bouteille de champagne sans alcool.

– On fête un truc ? demande Aurélien.

Mes parents me regardent et ma mère dit :

– En septembre, votre sœur Clarisse va quitter la maison la semaine pour aller faire du judo et rentrera les week-ends à la maison. Alors, ce soir, on fête sa future réussite dans cette nouvelle vie ! À Clarisse !

Elle n'a pas le temps de lever son verre, je suis déjà dans ses bras. Le pétillant se renverse à moitié sur moi, mais je m'en fiche. Ce soir marque le premier jour du reste de ma vie !

Rien n'est impossible !

Quand tu veux très fort quelque chose, bats-toi pour l'obtenir. Sans blesser personne, sans écraser qui que ce soit, mais en étant sincère et honnête, tu peux y arriver ! Si tes proches voient que c'est important pour toi, ils peuvent te soutenir dans ta démarche. N'hésite pas à leur en parler !

CHAPITRE 12

L'arrivée au Pôle France

Fin août, c'est l'effervescence chez les Agbégnénou !

Tout le monde s'agite : ma mère et moi finissons ma valise tandis que mon père charge un premier sac dans la voiture. Mon frère aîné râle de devoir faire le baby-sitter auprès du petit dernier. Quant à Aurélien, il attend désespérément que mes parents lui donnent l'argent promis pour aller au ciné avec ses copains et fait irruption toutes les cinq minutes dans ma chambre.

Excédée, ma mère le met régulièrement dehors tandis que mon père, à court de monnaie, le renvoie vers notre mère qui le rabroue :

– On va finir par être en retard. Aurélien, je n'ai pas le temps, là ! Il y a plus important que ton film !

– Moi aussi, je vais être en retard !

– Bon, souffle ma mère, va chercher mon sac à main.

– Maman, dis-je, tu as vu l'heure ?

– Mince, mince, mince, grogne ma mère en fermant la valise. Vite, Clarisse, dans la voiture. À ce soir, les garçons !

Je m'engouffre, à bout de souffle, dans la voiture avec mes parents. Mon père démarre rapidement.

Je me retourne pour voir mon jumeau courir derrière nous.

– Attends, papa ! crié-je. Aurélien veut me dire au revoir.

La voiture stoppe. Mon frère nous rattrape et au moment où je baisse la vitre, il lance :

– Et mes sous alors ?

Eh oui, on n'est pas des grands sentimentaux dans la famille !

Plus de deux heures plus tard, nous arrivons devant un grand et vieux bâtiment tout gris : l'internat du lycée où je suis inscrite à Orléans.

Le Pôle France et ses équipements sportifs ne sont pas loin. De la fenêtre de ma toute petite chambre, j'aperçois le toit du gymnase qui abrite le grand dojo.

Ma voisine de chambre s'appelle Marjorie, elle a un an de plus que moi. On s'entend bien tout de suite et mes parents repartent à Paris, rassurés par le fait que je ne sois pas seule.

La première nuit, je ne dors pas beaucoup.

Je repense à ces derniers mois pour arriver ici, sur ce petit lit, dans cette petite chambre.

D'abord, il y a eu un pré-stage à Tours : pendant plusieurs jours, sous le regard attentif des directeurs techniques des différents pôles, nous nous sommes entraînés, nous avons combattu.

Cela a été très difficile pour moi. Étant née en fin d'année, je fais partie des plus jeunes et la plupart des filles ont une année de plus de pratique. Mais je me suis accrochée.

Tous les représentants des pôles nationaux étaient présents.

Valérie m'avait dit quelques jours avant :

– Clarisse, le pôle Orléans, c'est le meilleur, celui qui te correspond le plus.

Pression.

J'avais passé la première étape. À l'issue du stage, on m'avait annoncé que mon profil intéressait plusieurs pôles.

Puis, au début de l'été, je suis venue à Orléans passer les tests d'entrée. Là encore, ça n'a pas été simple. Mais je n'ai rien lâché.

Je n'ai pas été la meilleure, je le sais, mais ma ténacité et mon obstination ont convaincu les sélectionneurs. Et puis, j'ai appris que j'étais qualifiée pour les championnats d'Europe pour l'année suivante.

Mais d'abord, il y a du travail. Est-ce que je vais tenir le rythme des stages quotidiennement ? Lycée et judo TOUS les jours ?

Est-ce que je vais être suffisamment forte mentalement et physiquement ?

Pour moi, le judo est toujours un loisir. Là, ça devient une affaire sérieuse ! Est-ce que je suis prête ?

Rien n'est gagné !

Dans la vie, ce n'est pas toujours facile. Et savoir que rien n'est gagné te prépare à mieux affronter les obstacles, à ne plus avoir peur. Attention, cela ne veut pas dire qu'il faut voir les choses du mauvais côté. Non, il faut juste envisager les difficultés. Comme ça, le jour où elles se produisent, on est prêt(e) !

CHAPITRE 13

Les championnats d'Europe

Juin 2008

À l'aéroport de Roissy, nous nous préparons à embarquer. Direction Belgrade, puis un bus nous amènera jusqu'à Sarajevo, en Bosnie-Herzégovine.

Mes parents m'ont accompagnée à l'aéroport. Avant que je les quitte, ma mère m'a soufflé :

– Un jour, je t'accompagnerai en compétition internationale !

– Aucun souci, maman, je lui réponds, avec un grand sourire. Tu viendras avec moi aux mondiaux !

L'ambiance au sein de l'équipe de France est détendue.

Nous vivons ce voyage comme une super colonie de vacances et nos entraîneurs ont du mal à nous contenir.

Arrivée à l'hôtel, je demande à aller faire un tour dans la ville. Mais Martine, une des encadrantes s'y oppose :

– Tu es mineure, Clarisse, je ne te laisse pas traîner dans un pays étranger toute seule. Et demain, on se lève à 7 h. Donc pour le moment, c'est dîner puis dodo.

Je proteste pour la forme. J'adore découvrir des endroits inconnus et je me fais une promesse : quand je serai majeure et pro, je ferai la touriste ! Quand je participerai à des compétitions internationales, je m'arrangerai pour pouvoir découvrir la ville ou le pays. Je me rends compte de la chance que j'ai de voyager et je ne veux pas gâcher ce plaisir de découvrir.

En attendant, direction le restaurant de l'hôtel.

À la fin du dîner, le staff s'adresse à nous :

– Bon, les jeunes. Demain, nous avons une journée de repérage et d'entraînement. Puis mardi, c'est le premier jour de compétition. Nous comptons sur vous pour bien vous tenir en dehors du tatami. Vous avez tous et toutes les capacités pour gagner et porter haut les couleurs de la France. À partir de maintenant, vous rentrez dans la compétition : concentration, motivation et sérieux ! Allez tous vous coucher. Rendez-vous demain matin à 7 h 30 ici pour le petit déjeuner. Bonne nuit.

« Concentration, motivation et sérieux... » Je dois avouer que je ne prends pas ce discours pour moi. Ce sont mes premiers championnats européens. Je suis déjà super contente d'être là.

Je partage la chambre avec Louise, qui concourt dans une catégorie inférieure. Louise vient d'Angoulême. On a le même âge et on s'entend très bien.

Évidemment, on passe une grande partie de la nuit à discuter et le lendemain, la journée est fatigante !

Le soir suivant, la nuit est agitée, mais pas pour les mêmes raisons : le stress à l'approche de la compétition monte… Même si je veux paraître détendue, je dois avouer que je ressens la pression générale.

Mardi matin, tout le monde est à l'heure, devant le bus. Le trajet de l'hôtel vers le complexe sportif dure une dizaine de minutes, dans un grand silence. J'écoute de la musique et respecte la concentration des autres. Je regarde le paysage et me prends à rêver de voyage.

Devant le grand gymnase, le brouhaha contraste avec l'atmosphère du bus.

La pesée confirme ma catégorie et j'apprends que je ferai partie des dernières à combattre.

Je vais encourager mes coéquipiers mais plus la journée passe et plus les désillusions sont fortes : aucun des garçons, aucune des filles n'atteint la finale.

Laura, Marie-Alexandra, Romain, Mélanie, Vincent, Louise… Tous vont de déception en déception…

Ma catégorie est appelée. Je dois me concentrer.

Vu la journée des autres Français, je ne me fais pas d'illusion sur mon tournoi. Ce n'est pas notre jour…

Je remporte le premier combat… Puis le suivant.

L'équipe de France est désormais entièrement regroupée dans les tribunes derrière moi.

– Allez Clarisse !

– Tu vas gagner, Clarisse !

Je gagne la demi-finale.

– Clarisse, t'es la meilleure !

– Go, Clarisse !

Peu à peu, leur enthousiasme me gagne. Et si je gagnais ? Je suis arrivée trop loin, je ne peux plus reculer. Ces championnats sont pour moi.

– Clarisse, tu es notre championne !

– Allez Clarisse !

Je rentre sur le tatami, je salue les arbitres d'abord, puis mon adversaire, la Polonaise Halima Mohamed-Seghir. Portée par mes amis, je survole le combat que je remporte très vite !

J'AI GAGNÉ !!! Je suis championne d'Europe !

Dans l'avion au retour, je repense à ce tournoi et à ces émotions. Je n'avais pas réalisé que j'étais si forte. C'est vrai que je suis en sport-études, mais combien de combats ai-je perdus… Le fait que mes coéquipiers aient cru en moi m'a aidée. Or là, il est temps que je croie en moi.

Il faut croire en toi !

Je ne le répéterai jamais assez mais si tu ne crois pas en toi, tu ne pourras pas atteindre ton but. Tu es la personne la plus importante de ta vie. Aime-toi et fais-toi confiance. Tu verras, tout sera (un peu) plus facile ! Et si tu as un coup de mou, une baisse d'estime de toi, regarde autour de toi : ta famille, tes ami(e)s, tous et toutes croient en toi !

Une année difficile

L'euphorie de Sarajevo a laissé place au travail à Orléans.

Mes résultats scolaires n'étaient pas bons du tout. Mes parents, furieux à la lecture de mon bulletin, m'ont menacée de me retirer du Pôle, alors, je dois mettre les bouchées doubles en cours.

Je dois avouer que cette première année à Orléans a été compliquée physiquement.

D'abord, mes journées sont très chargées.

UNE JOURNÉE AU PÔLE FRANCE

7 h 45 à 10 h 30 : cours au lycée

10 h 30 à 12 h 30 : entraînement

13 h : déjeuner

14 h 30 à 16 h : cours au lycée

16 h à 18 h ou 19 h : entraînement

19 h : dîner

20 h à 22 h : devoirs

Faire du judo tous les jours et rester en forme pour faire ses devoirs, comment vous dire, ce n'est pas simple !

Et le week-end, quand on rentre dans nos familles, que fait-on ? Du judo avec notre club !

Eh oui, les compétitions, les tournois, ça continue.

Je me sens toutefois bien au Pôle. Nous sommes un bon groupe de filles. Nous rigolons bien ensemble.

Sur le tatami, au début, ça n'a pas été facile : je perdais tous les combats.

Une fille, Ingrid, plus vieille de deux ans, me tenait en échec tout le premier trimestre. La battre était devenu un objectif et lorsque j'ai enfin réussi au mois d'avril, j'ai eu l'impression de gagner le championnat du monde !

L'année suivante a été difficile aussi parce que je me suis blessée.

Un matin, après un entraînement, une douleur dans le genou est apparue.

Plus les jours passaient et plus j'avais mal.

Seulement, nous rentrions dans la période des tournois les plus intéressants et je ne pouvais pas ne pas combattre.

Je serrais les dents, et le soir dans ma chambre, je mettais une poche de glace sur ma jambe.

Un matin, Franck, un des entraîneurs, m'a prise à part et m'a demandé :

– Clarisse, j'ai remarqué que tu te servais moins de ta jambe droite en appui. Tu m'expliques ?

– Ben… Euh…

– Tu es blessée ?

J'ai baissé les yeux et répondu :

– Oui.

– Et ça fait longtemps ?

– Plusieurs mois…

– Mais, c'est pas vrai ! s'est-il énervé. Tu n'es pas là pour te bousiller la santé ! Tu files tout de suite à l'infirmerie.

– J'ai cours…

– Tu files à l'infirmerie ! Ou c'est moi qui t'y emmène !

L'infirmière a appelé un médecin et j'ai passé une batterie d'examens. Le diagnostic est tombé très vite : fissure du ménisque. Heureusement, une opération pouvait réparer cela et la rééducation serait rapide. J'ai soupiré de soulagement.

On a attendu quelques semaines encore et j'ai été opérée.

Tout s'était bien passé, mais les semaines qui suivirent ont été complexes : je me déplaçais avec des béquilles.

Le week-end, prendre le train pour rentrer chez mes parents devenait une aventure : les béquilles, la valise, se déplacer dans la gare, trouver sa place dans le wagon… Une vraie expédition !

J'étais fatiguée, certes, mais je réalisais ma chance. J'avais vu au Pôle des jeunes se blesser et voir leur carrière de judoka interrompue du jour au lendemain. Je me remettais vite sur pied.

Et avec ou sans béquilles, je continuais à danser et à sourire !

Accroche-toi!

Tu as l'impression d'être dans un tunnel sombre? Tu te dis que tous les malheurs du monde t'arrivent? Tu as le sentiment de ne pas réussir à avancer? Rassure-toi, ce n'est qu'une phase. Et au bout du tunnel, il y a la lumière. Ne lâche pas l'affaire, tu vas y arriver! Discutes-en avec les personnes qui t'aiment, qui te soutiennent. Tu n'es pas seul(e). Tiens bon!

CHAPITRE 15

Sacrifices

– Clarisse ? Clarisse ? Clarisse !

– Quoi ?

– Tu peux lâcher ton téléphone deux minutes ?

– Oui, oui…

– CLARISSE !

– Oh ça va !

Je relève la tête. Nous sommes dans ma chambre, Nadia est devant mon bureau tandis que je suis sur le lit.

J'ai rencontré Nadia, ici au Pôle. Elle est plus âgée que moi et m'a prise sous son aile. Elle a décidé que je devais réussir sur le tatami mais aussi en cours…

Aujourd'hui, elle est venue m'aider à réviser un contrôle. Et c'est vrai que je ne mets pas beaucoup de bonne volonté à travailler !

La vérité est que depuis quatre mois, j'ai un copain. Il s'appelle Steven et il est trop mignon !

Nous nous sommes rencontrés lors d'un tournoi interclubs. C'est un judoka, lui aussi.

Au moins, il peut comprendre ma vie.

J'ai eu quelques copains avant lui, seulement, rien de sérieux. Et puis, à chaque fois, ils n'acceptaient pas que le judo passe avant tout.

J'ai même été amoureuse une fois.

Pablo... Ah Pablo... Malheureusement, ce n'était pas réciproque. Pour lui, on n'était que de très bons amis. J'ai gardé mes sentiments pour moi, je ne lui ai rien dit. Quelques années après, on s'est croisés par hasard et il m'a fait une grande déclaration. Trop tard !

Je suis bien avec Steven. Mais on ne se voit que le week-end et encore, quand nos compétitions sont compatibles.

Alors, on s'écrit beaucoup. Comme là, maintenant. Et ça énerve Nadia que je ne me concentre pas sur l'histoire-géo.

– Je prends du temps pour te faire réviser et toi, tu n'es pas même capable de te consacrer à ça. Tu me saoules, Clacla, je vais retourner dans ma chambre.

– Pardon ma Nadia. Je mets mon téléphone en silencieux.

Je m'assois à côté d'elle et passe l'heure suivante à transpirer sur des dates, des personnalités que j'oublie dans la minute. Nadia s'en rend compte et met fin à mon calvaire.

– Bon, au moins, on ne pourra pas dire que tu n'as pas travaillé.

Elle ferme la porte derrière elle. Je me précipite sur mon téléphone : aucun message. Steven a dû s'endormir…

Le vendredi soir de la même semaine, sur le quai de la gare à Paris, une surprise m'attend : Steven avec une jolie rose !

– Je me suis dit que je pouvais faire le trajet en RER avec toi, me dit-il.

Je lui fais un grand sourire, lui prends la main et l'entraîne dans les couloirs de la station.

Les mois qui passent, ce petit rituel s'installe.

Or, un soir, Steven n'est pas là.

Je l'appelle. Pas de réponse.

Je lui envoie un texto.

Tu es où ? Tu ne viens pas à la gare ? Je t'attends. Bisous ❤

Je ne peux pas venir ce soir, anniv de mon père. Dsl

Pas grave.

on se voit demain ?

Demain, j'ai compèt' à Poitiers, je rentre tard.

Dimanche alors ?

Pas possible non plus. Je rencontre mon futur entraîneur pour des tests.

On va pas se voir ce we ?

Difficile.

Et samedi prochain ?

Sélections pour le National. Je ne rentre pas.

Tant pis. Bisous.

Bisous

Je sens que Steven est agacé par mon emploi du temps. Mais je n'y peux rien ! Et il était prévenu ! Et en tant que judoka, il sait ce que je vis, bon sang !

Il ne m'écrit pas durant le week-end et comme je suis très occupée, je ne m'inquiète pas de son silence. Dans le train du retour, je l'appelle.

– Salut, dit-il, en décrochant.

– Coucou. Tu as passé un bon week-end ?

– Bof, j'ai pas mal réfléchi.

– À quoi ?

– À nous. J'en ai marre de ne pas te voir. Il faut que je te pose une question, Clarisse : tu préfères le judo ou moi ?

– Tu ne peux pas me demander cela. Le judo, c'est toute ma vie…

Il m'interrompt :

– C'est bon, j'ai compris. Je crois qu'on va s'arrêter là.

– Attends, Steven, tu peux pas…

Il raccroche.

Une larme coule le long de mon visage. Je ne sais pas si c'est une larme de tristesse ou de colère.

Je suis triste que mon petit ami m'ait quittée.

Je suis encore plus en colère qu'il n'essaie pas de comprendre ce qu'est ma vie, que le judo, c'est ma plus grande passion !

J'enclenche la musique dans mes écouteurs. Je me laisse bercer.

Un jour, je rencontrerai un garçon qui nous aimera, le judo et moi !

Vis ta passion !

Pendant mon adolescence, je n'ai pas pu aller à toutes les fêtes où j'étais invitée, car j'avais des tournois de judo. Je n'ai pas pu dormir chez des copines car le lendemain, je partais tôt en compétition. Alors, oui, quand on a une passion ou quand on fait du sport de haut niveau, il faut faire des sacrifices. Mais je ne le regrette pas. Car mes amies comprenaient. Et tu sais quoi ? Ce sont toujours mes amies aujourd'hui ! Et si tu es amoureux ou amoureuse et que la personne que tu aimes ne comprend pas ta passion, alors, il ou elle n'est pas pour toi et tu trouveras un jour une personne qui respecte tes choix de vie.

CHAPITRE 16

Nouvelle vie

À Asnières, depuis quelques semaines, je m'entraîne seule.

Fayçal se consacre aux plus petits et aucun entraîneur n'est assez qualifié pour s'occuper de moi.

Je sais qu'il est temps pour moi de prendre mon envol.

À la maison, mon père reçoit régulièrement de plus grands clubs de la région et même du pays qui veulent me recruter. Mais j'ai besoin de me sentir en confiance.

Un lundi matin, à la première session d'entraînement, au Pôle, je retrouve Lucie, une amie. Elle m'annonce que son entraîneur de club va venir passer quelques jours avec nous, pour la préparer en vue d'un grand tournoi.

Ahcène, c'est son prénom, débarque le lendemain. Il nous observe toute notre séance. Il conseille Lucie, mais ne s'adresse pas aux autres filles.

Ahcène revient plusieurs fois nous voir. Nous discutons souvent tous les deux. Il me donne son avis sur certaines de mes actions en combat. Je le croise même parfois en tournoi interclubs.

Un soir, il ne reste que Lucie et moi dans le dojo. Ahcène nous propose de combattre l'une contre l'autre.

Nous passons un très long moment sur plusieurs gestes et postures.

Nous sommes en sueur et Lucie annonce :

– Je n'en peux plus ! J'ai une interro de maths demain, je rentre me coucher.

Pendant qu'elle se change, Ahcène m'interroge sur mon club actuel, mes tournois…

– Je suis en train de chercher un nouveau club, je lui annonce.

– Et tu as trouvé ?

– Non, rien en particulier. Je n'ai pas le feeling…

Ahcène marque un temps de pause et me dit :

– Ça te dirait de venir visiter le club d'Argenteuil que j'ai fondé ? Lucie y est adhérente.

– Oh oui ! s'écrie cette dernière qui revient des vestiaires. Ce serait super, Clarisse !

– OK, je réponds avec un sourire. Je peux venir voir, déjà.

Le samedi, accompagnée de mon père, j'entre dans le dojo du Judo Club Escales Argenteuil. Nous parlons un grand moment avec Ahcène, puis avec d'autres entraîneurs. L'ambiance est sympa, tout le monde a l'air content d'être là.

Au bout d'une heure, au moment du départ, Ahcène me dit :

– Avant que tu nous dises si tu nous rejoins, Clarisse, sache une chose importante : sans travail, le talent ne suffit pas. Si tu viens ici, je te ferai énormément travailler. Ce ne sera pas facile tous les jours, mais avec notre club, tu peux vraiment aller loin.

– Loin, comme un championnat du monde ? je lance, un peu moqueuse.

– Et pourquoi pas ! rétorque Ahcène.

Dans la voiture, avec mon père, nous ne disons rien pendant quelques minutes, puis je me tourne vers lui et je lance :

– Alors, que penses-tu de ce club ?

– Je pense que cette fois, c'est à toi seule de prendre ta décision. Tu nous as montré toutes ces années combien tu étais forte et volontaire. Tu tiens les rênes de ta vie, Clarisse. À toi de jouer !

Je réfléchis quelques minutes. Nous avons rencontré d'autres clubs ces dernières semaines. Mais je me suis sentie immédiatement bien à Argenteuil : Lucie s'y trouve, ainsi que d'autres amies du Pôle France. Ce n'est pas trop loin de la maison, et ils ont des très bons résultats.

– Tu as raison, papa. À moi de jouer… et de gagner !

Tu possèdes les clés de ton destin!

Tu verras, il faudra parfois que tu prennes des décisions, seul(e). Et tu sais quoi ? Tu es capable de le faire ! Tu peux demander conseil autour de toi, mais il arrivera que la décision finale n'appartienne qu'à toi. Prends ton temps, pèse le pour et le contre, écoute ton instinct et surtout fais-toi confiance !

CHAPITRE 17

Quelques années plus tard...

En cette fin du mois d'août, à Tcheliabinsk, en Sibérie, une région de la Russie, on se croirait au printemps chez nous. « Un temps idéal pour gagner une médaille d'or » a dit mon coach, en sortant de l'aéroport il y a quelques jours.

Casque sur les oreilles, je repense à cette phrase et je souris.

Puis je revois tout le chemin que j'ai parcouru : mon enfance, la découverte du judo, ma progression au sein de ce sport.

J'ai beaucoup appris grâce au judo. J'ai toujours en tête le code moral et j'essaie de l'appliquer au quotidien.

J'ai énormément voyagé : le Brésil, la Russie, l'Europe de l'Est, Israël...

Au Japon, j'ai même pu emmener ma mère et Nadia avec moi !

J'ai mon petit rituel qui amuse tout le monde quand j'arrive dans une ville étrangère que je ne connais pas. Armée de mon guide de voyage, le premier jour, si je peux, je fais la touriste et je visite ! La pression ? Chacun et chacune la gère comme il ou elle peut, moi, c'est en me promenant !

Je regarde autour de moi : nous sommes dans la chambre d'appel du championnat du monde.

À côté, des adversaires que je connais très bien : la Japonaise Miku Tashiro, la Slovène Ina Trstenjak, l'Israëlienne Yarden Gerbi... Je m'arrête un instant sur cette dernière.

Yarden m'a battue en finale l'an dernier aux mondiaux de Rio. Après la compétition, elle m'avait offert un tour de la ville en limousine. Nous sommes amies toutes les deux, mais j'ai un compte à régler et j'espère bien prendre ma revanche aujourd'hui.

Je me concentre, me laisse envahir par la musique et oublie quelques secondes l'environnement autour de moi. C'est comme cela que je me concentre. Peu à peu, la Clarisse cool, qui sourit, qui danse, fait place à la Clarisse qui va combattre.

On me touche le bras, une personne de l'organisation me fait signe : c'est à mon tour de monter sur le tatami. Je suis prête.

Quelques heures plus tard, les premières notes de la Marseillaise retentissent dans le gymnase russe. Je ferme les yeux et je convoque toutes les personnes qui m'ont soutenue : mes parents, mes frères, ma bande de copines, Bernard, Fayçal, Valérie, Ahcène, Nadia, qui est devenue mon agente. Je les imagine face à moi, dans les tribunes. J'ouvre les yeux. Je souris.

À mon cou, une médaille. En or. Je suis championne du monde.

Tu peux te donner les moyens de réussir !

Rien n'est impossible dans la vie. Avec du travail, de la volonté, avec les bonnes personnes autour de toi, tu peux atteindre tes objectifs. Ce n'est pas toujours facile, mais les difficultés te construisent aussi. Crois en toi ! En tout cas, **JE CROIS EN TOI**, en ton talent, en ton envie, en ta volonté !

Le palmarès de Clarisse

Individuel

Année	Compétition
2009	Championne de France
2010	Championne de France
2012	Championne de France
2013	Championne de France
2014	Championne de France
	Championne du monde
2016	Vice-championne olympique
2017	Championne du monde
2018	Championne d'Europe
	Championne du monde
2019	Championne des Jeux européens
	Championne du monde
2020	Championne d'Europe

Par équipe

Année	Compétition
2011	Championne du monde
2014	Championne d'Europe
	Championne du monde
2015	Championne des Jeux européens
2017	Championne de France

Retrouvez toutes nos collections
sur notre site www.rageot.fr

PAPIER À BASE DE FIBRES CERTIFIÉES

RAGEOT s'engage pour l'environnement en réduisant l'empreinte carbone de ses livres. Celle de cet exemplaire est de :
600 g éq. CO_2
Rendez-vous sur www.rageot-durable.fr

Achevé d'imprimer en mai 2021
par Macrolibros (Valladolid, Espagne)
Dépôt légal : juillet 2021
N° d'édition : 7686 - 01